Te $\frac{64}{40}$

RÉPONSE

DE M. LE DOCTEUR J.-M. CAILLAU,

A LA LETTRE

DE M. CAZALET,

Ancien Pharmacien à Bordeaux.

Monsieur,

Dans la lettre imprimée que vous m'avez fait l'honneur de m'adresser de Listran, vous avez traité, à propos de la rage, plusieurs points de physiologie et de médecine-pratique. J'examinerai succinctement ces divers articles qui ne renferment, pour la plupart, que des idées conjecturales ou des erreurs dont les conséquences peuvent être funestes.

Soyez bien assuré, Monsieur, qu'en vous répondant je n'ai d'autre motif que celui d'établir quelques vérités utiles. Vous le verrez aisément au style de ma lettre, écrite avec cette simplicité et cette modération qui conviennent à des hommes graves. Lucien, dans ses Dialogues, fait dire à un de ses dieux : *Tu te fâches, Jupiter! tu as donc tort.*

Les écrivains qui disputent au lieu de discuter, oublient trop souvent cette salutaire maxime ; les uns s'amusent à parler du fleuve Scamandre à propos d'un mur mitoyen ; les autres vantent Castor et Pollux, lorsqu'ils ne devraient s'occuper que des vainqueurs aux jeux Olympiques. Quant à moi, je me souviendrai du sens caché dans les paroles de Lucien ; j'aurais d'ailleurs bien tort de me fâcher, car la seconde partie de cette lettre, consacrée aux faits positifs, renferme une démonstration tellement évidente, qu'après l'avoir lue, vous serez forcé vous-même de vous écrier : *Mon adversaire a raison, je me suis complétement trompé sur plusieurs points, et je me rétracte.*

PREMIÈRE PARTIE.

CONJECTURES.

1°. Vous traitez en ce moment, dites-vous, un épileptique ; je désire que vous le guérissiez par les moyens externes dont il est parlé dans votre lettre. J'aurais bien des remarques à faire sur l'épilepsie en général, sur les accidens singuliers qui l'accompagnent, les causes diverses qui la produisent, et les remèdes dont on s'est servi pour la combattre ; mais vous promettez une relation, j'attendrai.

2°. Nous ne savons pas encore aujourd'hui en quoi consiste l'électricité des nerfs et des muscles ; nous ignorons même la nature de l'électrique, qui n'est peut-être que le phlogistique de Sthal. Le docteur Hallé, savant très-illustre, sans doute, dit, en propres termes : « Un jour » *peut-être* sera-t-on conduit, par la voie de l'électricité, » à la révélation des mystères les plus admirables de la » vie animale ». Le mot *peut-être*, qui se trouve dans cette phrase, prouve deux choses : que le docteur Hallé est un véritable savant , puisqu'il s'abstient du ton dogmatique, et que le mystère dont il parle n'est pas encore dévoilé. Je ne le crois pas impénétrable tout-à-fait ; mais en attendant le jour annoncé par le professeur de Paris, je suis en droit de dire qu'il y a encore de l'hypothétique et du conjectural dans cette doctrine.

3°. Vous ne pouvez croire, dites-vous, que des hommes sincères et savans aient pu se faire illusion sur les effets singuliers et les guérisons opérées, selon eux, par l'imposition des mains (magnétisme animal). Pour vous convaincre jusqu'à quel point vous êtes dans l'erreur, prenez la peine de lire l'article Thaumaturgie médicale, dans la savante histoire de la médecine, par Sprengel, tome 6, page 81.

4°. Dans plusieurs articles de votre lettre vous procédez par des interrogations : *Ne se pourrait-il point? N'aurait-on pas le droit de penser? etc.* Ce qui n'est pas une certitude ; car, prenez-y garde, s'il vous plaît, lorsque les prémisses sont exprimées sous forme de doute, la conclusion est nécessairement douteuse : *Premissis dubiis, conclusio est dubia.* Ceci est un axiome de logique.

5°. Vous avancez que nos deux mains ont la polarité de la pile voltaïque : des faits curieux entrevus, mais non pas vus tout-à-fait, par le célèbre Barthez, *semblent* appuyer cette assertion, mais cela n'est pas démontré : il est donc permis d'avoir encore des doutes. Vous n'en avez point : je n'ai rien à dire à cet égard ; quant à moi, j'attends des preuves ultérieures.

6°. Il n'y a rien d'aussi aisé que d'être au courant des nouvelles vues physiologiques. L'art d'en tirer de justes conséquences et d'en faire de belles applications à la médecine clinique est très-difficile : il faudrait pour cela deux hommes comme Hallé et deux comme Bordeu.

Vous dites, en parlant de ce dernier praticien : « Depuis » le vieillard de Cos jusqu'à nos jours, il n'a existé au- » cun médecin qui ait été plus doué du génie de l'ob- » servation que l'étonnant Bordeu ». Bordeu est un homme étonnant, sans doute, par ses vues profondes et le style original qui le distingue ; mais Sydenham et Baillou, par exemple, furent doués à un plus haut degré de ce qu'on peut appeler le génie de l'observation. Il faut de la mesure dans l'éloge et dans la critique.

7°. .Y a-t-il une décharge de l'électricité des nerfs sur les muscles, ou des muscles sur les nerfs ? Cela n'est point démontré pour ce qui concerne la pathologie; et c'est tout ce que j'ai dit dans mon article sur la rage.

8°. Quelques sujets mordus par un chien, un chat ou un loup enragés, aboyent, miaulent, hurlent comme les animaux dont ils ont reçu la cruelle atteinte : je ne puis expliquer un peu ces faits que par une perversion des facultés intellectuelles qui devient une véritable vésanie. Un auteur ingénieux dit qu'une idée *canine, féline et lupine* tourmente le cerveau de ces malheureux. Cela dit bien quelque chose; mais ce n'est point assez. Cela peut être ; cela peut ne pas être. Tout bien réfléchi, je suis plus savant que cet auteur. Je déclare que je n'en sais rien.

9°. Selon vous, tout le mal (dans la rage) réside uni- quement dans les poumons. Pourquoi donc s'occuper à rétablir l'équilibre entre l'électricité des nerfs et celle des muscles ? Je ne vois point cette connexion, à moins qu'elle ne soit dans le *consensus* universel, si bien connu d'Hip- pocrate, qui disait dans son langage précis : *In corpore animato omnia animantur.* Cet aphorisme vaut un livre entier de certains métaphysiciens modernes.

10°. Vous dites que votre théorie de la terre est toute électrique.... Tant pis. Qu'elle soit un peu électrique, on le conçoit ; toute électrique, on ne peut l'admettre. Les savans voudraient bien pouvoir remuer la nature entière avec un seul principe actif. Semblables aux géans de l'antiquité, ils entassent assez bien Ossa sur Pélion et Pélion sur Ossa ; mais cela suffit-il, en bonne géologie ?... Du reste, nous sommes trop savans aujourd'hui : trop de science produit quelquefois suffisance et insuffisance. Après deux mille ans de controverses sur la théorie de la terre, qu'a-t-on décidé d'une manière incontestable ? Il y a trente systèmes sur ce sujet, où est le bon ? Autant vaudrait-il en revenir à la Genèse après avoir bien roulé le rocher de Sysyphe et tâché de remplir le tonneau des Danaïdes. Je vous engage, Monsieur, à relire les psaumes 90, verset 2, et 114, verset 6, ils contiennent des vues bien dignes d'être méditées par ceux qui étudient la nature des choses.

11°. L'électrique, dites-vous (théorie de la nature), ne pénètre point les corps, il ne fait que mouiller leur surface. Je suis d'un sentiment tout opposé. Le docteur Hallé, qui est une autorité pour vous et pour moi, avait embrassé la même opinion. Je ne sais si l'électrique est un fluide. S'il l'est, comme tant de faits paraissent nous le faire croire, il est nécessaire qu'il pénètre les corps, afin que les physiologistes puissent expliquer les faits dont je parle. Faites bien attention, Monsieur, que dans cet article je n'affirme rien, je ne fais que proposer mes doutes.

12°. Si l'électrique, selon vous, est le principe de la sensibilité, de l'irritabilité de toute organisation (principe qui n'est pas unique à cet égard, selon moi), est-il bien conséquent de s'en servir pour la curation de l'épilepsie, surtout de l'idiopatique ? Je suis tenté de dire : non ; et on peut inférer cette réponse de faits d'anatomie pathologique consignés dans Willis, Varole, la Grande physiologie de Haller, et dans Vicq-D'azyr. Je propose cette question sous forme de doute.

13°. Je ne vois point, avec vous, que la cure du chien de Beudon, au moyen du vinaigre, soit bien *merveilleuse*. Les conséquences que vous tirez de ce fait, qui d'ailleurs n'est pas concluant, en sont la preuve ; car vous dites, à ce sujet, que l'urine des enragés dans l'espèce humaine est rare, épaisse et très-colorée. Vous pouvez être certain, Monsieur, que cette opinion est une erreur ; l'urine dont vous parlez est le plus souvent claire, limpide et abondante. Cela doit être ainsi, puisque la rage appartient essentiellement à la classe des névroses. Prenez la peine de lire les articles *Rage*, dans Cullen, dans le Commentaire de Van-Swieten sur les aphorismes de Boerhaave, dans la Bibliothèque médicale de Manget, le savant recueil d'Andry, les Dissertations de Sauvages et de Bosquillon, etc. etc., vous serez convaincu de la vérité de ce que j'avance. Puisque cela est ainsi, que deviennent votre théorie sur la transpiration des chiens et des loups, le fait unique que vous citez lorsqu'il m'en faudrait cent pour me convaincre, et l'application que vous persistez à en faire à l'espèce humaine ?

15°. Vous persistez à croire que la médecine domestique de Buchan est un fort bon livre ; vous ajoutez même, pour comble d'éloge, que cet ouvrage est le bréviaire de ceux qui prennent l'observation pour guide : à la bonne heure ; je sais bien pour qui cet ouvrage est un bréviaire.... Quant à moi, dans la simplicité de mon cœur et sans y entendre aucune malice, j'ai toujours placé ce livre sur la même ligne que l'Avis au peuple, par Tissot, et la Matière médicale de Lieutaud, ouvrages très-médiocres, pour ne rien dire de plus.

15°. Vous préconisez les cures faites par M. Brugnatelli contre la rage, avec l'acide muriatique oxygéné. Avant d'avoir une opinion certaine à cet égard, vingt ans d'expérience, au moins, sont nécessaires. Quand on crie au miracle trop vîte, cela gâte tout. Il a été un temps, dit le docteur Sprengel, dans son excellente histoire de la médecine, que le fanatisme d'un côté, l'enthousiasme de l'autre, toujours suivis d'observations qui ne prouvaient rien, vantaient des médicamens aujourd'hui tombés dans un discrédit absolu ; et moi j'ajoute : au milieu de toutes ces clameurs, comment vouliez-vous que la sagesse se fît entendre ? Nous serions bien plus riches si la matière médicale était plus pauvre. Ce qui m'inspire des doutes légitimes sur les prétendus spécifiques qui se poussent et se repoussent les uns les autres, c'est l'histoire des temps passés. Voyez ce qui est arrivé au muriate de Baryte, tant vanté par le docteur Crauwfort; à l'orme pyramidal, dont le docteur Bouvard disait : hâtez-vous de vous en servir pendant qu'il guérit ; et à plus de mille remèdes autrefois admis, et aujourd'hui rejetés par tous les médecins raisonnables : *Opinionum commenta delet dies.*

Il ne faut pas repousser avec dédain les médicamens nouveaux qu'on cherche tous les jours à introduire en médecine ; mais il ne faut pas les accueillir avec superstition. Ces deux sentimens ne sont point la sagesse. L'enthousiasme peut être utile dans quelques arts : il gâte tout dans l'art de guérir. Les éloges irréfléchis, donnés à de vains spécifiques (*inanis jactantia specificorum*), ont beaucoup nui au véritable traitement de la rage. Cet aphorisme est de Boerhaave.

16. Vous avancez (page 15 de votre lettre) que le terme moyen de la quantité de sang dans l'homme est de 13 livres et demie. Après avoir établi des proportions arithmétiques, vous ajoutez : « En supposant que le sang ne » parcoure depuis sa sortie du cœur jusqu'à ce qu'il y » rentre que 30 pieds de vaisseaux sanguins, on a 30 pieds

» à diviser par 96 secondes 45 lignes, pour la vitesse du
» sang par seconde. Pour ce que j'aurais à ajouter, afin de
» prouver que le sang, qui a une pareille vitesse reçoit
» aussi du venin ou une impulsion qui change le mode
» de l'électricité qui nous anime, je vous renvoie, Mon-
» sieur, au dernier alinéa de la note que j'ai fait insérer
» dans le *Mémorial* ».

Il y a dans ce raisonnement un vice radical : vous avez
oublié d'y mentionner l'action puissante des vaisseaux ab-
sorbans, bien plus positive, quoique vous disiez, que tous
les calculs géométriques ; et puis, dussiez-vous me ren-
voyer encore à l'A, B, C. de la science médicale, je prendrai
la liberté de vous dire que je n'ai aucune foi à toutes ces
supputations, qui peut-être sont vraies et peut-être ne le
sont pas. Cette physiologie d'ailleurs est morte et oubliée
depuis long-temps. Elle appartient à l'époque où l'im-
mortel Bernouilli expliquait le mystère des fonctions vitales
avec le calcul intégral et la théorie des courbes. Borelli,
grand iatromathématicien, accordait une force énorme et
presqu'incalculable au cœur. Keil, qui de son côté pro-
cédait aussi géométriquement, réduisit la force du cœur,
le croirait-on ? à quelques onces seulement. Chimères et
hypothèses que tous ces vains calculs, surtout lorsqu'on
veut les appliquer à la médecine pratique ! On ne doit
aujourd'hui lire les ouvrages de ces savans que pour se dis-
traire, comme Mallebranche, dans la même intention,
s'amusait à jouer aux épingles avec le portier du collége.
Vous voulez néanmoins, Monsieur, conclure de votre
calcul qu'il ne faut point cautériser, vous verrez un peu
plus bas combien vous êtes encore dans l'erreur à cet égard.

DEUXIEME PARTIE.

FAITS POSITIFS.

J'abandonne sans regret la plupart des questions dont je viens de parler : elles sont presque toutes hypothétiques et par conséquent à peu près indifférentes pour la médecine pratique. J'arrive avec plaisir à la partie la plus essentielle de la discussion : l'erreur ou la vérité doivent avoir ici des conséquences plus importantes.

1°. Vous préconisez encore le vinaigre comme un excellent remède contre la rage ; malheureusement vous êtes dans l'erreur. Ce moyen, s'il était bon, serait bien simple et à la portée de tout le monde, mais il a éprouvé le sort de la pimprenelle, de l'anagallis, des écrevisses écrasées, de l'huile des philosophes, de l'hypocampus, des scarabées, etc., etc., etc., qui ont guéri jadis tant d'enragés, du moins dans les gazettes. L'expérience et le temps, qui mettent tout à leur place, les hommes et les choses, ont réduit ces substances à leur juste valeur. Vous voulez ressusciter le vinaigre : je rends justice à vos bonnes intentions ; mais il faudrait du moins, pour soutenir la gloire de ce spécifique prétendu, avoir plusieurs faits en sa faveur, des faits bien avérés et bien constatés. Le vinaigre fut proposé en 1741, voyez à cet égard le *Commerce littéraire* de Nuremberg. Boerrhaave en dit un mot dans sa chimie : son fidèle et savant disciple, Van-Swieten, voulait qu'on le bût à grande dose, mêlé avec du sel, du scordium et autres plantes toniques.

Monsieur Beudon en parle dans l'histoire de son chien ; Andry en dit un mot dans la liste des antilysses ; depuis ce ce temps on n'en fait plus mention. Si sa réputation éphémère n'eût pas été usurpée, elle subsisterait encore. J'avoue néanmoins, car aucun esprit de contradiction ne m'anime, que le vinaigre en vapeur dont vous parlez, après plusieurs auteurs qui l'ont trop vanté, peut avoir son utilité, non pour guérir la rage, qu'il n'a jamais guérie, mais pour dissiper jusqu'à un certain point la constriction spasmodique qui tourmente la gorge des hydrophobes et des enragés. Voilà toute la vertu de cet acide dans le cas dont il s'agit, encore faut-il que vous sachiez que la vapeur du vinaigre peut causer des suites fâcheuses : elle était insupportable à l'hydrophobe dont le docteur Desgranges donne une histoire très-intéressante dans les Annales cliniques de Montpellier, tome 8, page 268 (1).

2°. Vous dites, page 15 de votre lettre : « Ce n'est pas » de mon autorité privée que je repousse la cautérisation; » ce sont les justes conséquences déduites des observations » de nos maîtres qui la repoussent ». Vous vous trompez encore, Monsieur, et votre erreur est des plus complètes à cet égard ; nos maîtres connaissaient très-bien toutes ces conséquences, et ils admettaient la cautérisation. Elle est conseillée par les anciens et par les modernes : par Celse, Dioscoride, Morgagni, Fabrice de Hilden, Hallé, Chaussier, Esnaux, Vicq-D'azir, Touret, Andry, Baumes, Boyer, et une infinité d'autres médecins, respectables par les talens qui les distinguent. Enfin, les savans commissaires choisis par l'ancienne société royale de médecine de Paris, reconnaissent que le traitement local, par les caustiques, mérite surtout la plus grande attention, et le regardent comme *le plus important et le plus indispensable*. Ces auteurs n'ignoraient pas, sans doute, qu'en divisant 13

_____

(1) Le fait du chien de Beudon prouve contre vous; analysez-le bien, et vous le verrez. M. le docteur Dupuy l'a démontré clairement, dans une des séances de la société royale de médecine.

livres et demie de sang par deux onces, on obtient 108 pulsations pour que le même sang revienne au cœur. Que ce calcul soit juste ou ne le soit pas, peu importe, il faut cautériser et le faire profondément, comme je l'ai dit d'après le langage de mes maîtres, qui doivent aussi être les vôtres.

3°, Vous vous exprimez de la manière suivante, page 14 de votre lettre, en m'adressant la parole : « Mais » vous qui assurez que l'hydrophobie peut exister sans » rage, je vous défie d'en citer un seul exemple...... » Vous me défiez ! J'aime ce langage plein de franchise, j'aime à être pressé de cette manière ; car si j'ai tort, je le confesse de bonne foi, et si j'ai raison, je le prouve. Puisque vous desirez connaître des exemples d'hydrophobie sans rage, vous en trouverez dans les livres de plusieurs médecins de l'antiquité, dans les Recherches d'Andry, dans la Nosographie du docteur Pinel, enfin partout. Mais de semblables indications ne sont point assez positives ; il faut aller plus loin, et ne laisser aucun doute sur votre erreur. Prenez la peine, s'il vous plaît, Monsieur, de consulter les ouvrages suivans: Je suis exact dans mes citations. Ces cas d'hydrophobie symptomatique naissent quelquefois *d'une exposition trop longue à un soleil ardent par un temps chaud* (Van-Swieten, Comment. T. 3, §. 1130) ; *d'une cardite* (Essais d'Edimbourg, T. 1, art. 29) ; *d'une angine* (loc. cit.); *d'une métrite* (Sagar, Syst. Morborum) ; *d'une hépatite* (Portal, Cours d'anat. méd. , V°. 1, p. 300 ; *de l'abus des liqueurs fortes* (Salmuth, Observ. méd. , T. 2, observ. 30) ; *d'une lésion cérébrale, et notamment d'une commotion encéphalique, ou d'un épanchement dans cet organe* (Rec. périod. de méd. , T. 6) ; *de concrétions ou excroissances osseuses qui se forment à la surface interne du crâne* (Journ.

de méd. chir., etc., T. 14. Avril 1761) ; *d'une subite suppression des règles* (le docteur Normande, Mém. de la soc.
roy. de méd. ; T. 6, p. 113. Voyez aussi Wolf, Act. nat,
Curios., T. 6, Obs. 47); *de la colère et de la terreur*
(Marc. Donat, Hist. méd. mis., p. 599. Felise Plater,
Obs., T. 1ᵉʳ., p. 90); *d'une hystérie* (Nugent, Essai sur
l'hydrophobie, 1754); *des effets de la grossesse* (Journ.
de méd., T. 15) ; je cite ce fait intéressant qui, seul,
prouve combien vous êtes dans l'erreur : Une femme, jouis-
sant habituellement d'une bonne santé, devenait hydrophobe pendant les quatre premiers mois de chacune de ses
grossesses, dont le nombre s'est monté à onze. Aussitôt
après la conception, elle ne buvait que très-peu ; petit à
petit l'horreur des liquides augmentait, au point que non
seulement l'infortunée s'abstenait de toute boisson ou de
tout aliment liquide, mais qu'elle ne pouvait même pas
supporter que d'autres bussent en sa présence. L'aspect et
le bruit de l'eau lui étaient également insupportables et pro-
duisaient un frisson général avec syncope ; aussi était-on
obligé de cacher les vases qui contenaient ce liquide, et de
le transvaser sans que la malade en entendît la chute.
Cette femme était consumée par la soif, et il n'est pas de
moyen qu'elle n'ait tenté pour vaincre sa répugnance.
Ainsi, lorsque des motifs impérieux l'obligeaient de traverser
une rivière, elle se bouchait les oreilles, et chargeait deux
hommes de la conduire de force. Ce fâcheux état continuait
chaque fois jusqu'à l'époque où la volonté reprenant son
empire, le faisait cesser.

Mais je n'ai point épuisé la liste de mes preuves. Ces
hydrophobies sans rage peuvent provenir encore *de l'effet
de certains poisons* (Schmiedel, Diss. de Hydrophobiâ.
Ex usu fructuum fagi. Mangold, de Hydrophobiâ,
Ephem. cur. nat. cent. 9. Obs. 27); *d'une fièvre ataxi-*

que (M. Alibert, Diss. sur cette fièvre; et de Carrière, Journ. de Corvisart, **T.** 13, p. 19) ; *de la suppression du lait chez les nourrices* (Nicolas, le Cri de la nature, p. 124); *d'une vive crainte* (une lettre insérée dans le Journal de méd. de Sédillot, T. 61, p. 362) ; *d'une épilepsie* (Table du Journ. de méd., p. 378, et le T. 14, p. 315) ; pour plus ample instruction, et vous convaincre que votre opinion est bien erronée, lisez encore la table génér. du Journ. de méd.; les Mém. de la soc. roy. de méd., 1776, p. 105, 1777, p. 457, 488 ; Sauvages, Diss. sur la rage, p. 346 ; Portal, sur le même sujet, p. 10 ; Lecamus, méd. prat., T. 1er., p. 379 ; Pouteau, Journ. de méd. milit., 1783, p. 341 ; le Journ. de méd., T. 80, p. 353 ; le **T.** 92, p. 378; le T. 13 du Journ. de Corvisart, p. 90 et 108; et les Mém. de la soc. roy. de méd., T. 6, hist., p. 113, ainsi que la Diss. de Tribolet de Lance, *de hydrophobiá sine morsu prævio,* dans le *sylloge* de Baldinger, T. 1er., p. 236.

Voilà plus de trente exemples pour un d'hydrophobie sans rage. Je sais bien que l'horreur des liquides est ordinairement, non pas toujours, un des symptômes les plus caractéristiques de cet ensemble d'accidens qui constituent la rage ; je sais que ce dernier mot et celui d'hydrophobie sont *presque toujours* employés comme synonymes ; mais ils ne le sont réellement point, et ce qui le prouve, c'est qu'il existe des différences notables entre l'horreur pour les liquides, qui naît de la morsure d'un animal enragé, et cette même horreur qui se déclare souvent à la suite d'une inflammation au cardia, par exemple, au milieu d'une fièvre ataxique ou des accès d'hystérie fort intenses. Cette différence influe sur le mode de traitement ; d'où je conclus, comme je l'avais déjà dit, qu'il y a des hydrophobies sans rage. Donc vous vous êtes trompé gravement sur ce point essentiel de médecine pratique.

4°. Les pathologistes ont tour-à-tour exclusivement placé le siège de la rage dans le système nerveux en général, dans le cerveau, le foie, l'estomac, une partie de la moëlle épinière, etc., etc.; vous le placez *uniquement* dans les poumons : c'est une grande erreur, et je vais le prouver. Vous dites, page 8 : « J'ai vu avec peine que vous » ayiez négligé de m'indiquer les ouvrages où il est parlé » du siége de cette affection.... Je vous aurais eu une » grande obligation de m'avoir mis à même de les con- » sulter ».

En cela vous avez raison. Je dis plus, puisque je ne partage pas votre opinion, mon devoir est de vous indiquer les sources où j'ai puisé pour vous combattre. Je pourrais vous en montrer cinquante pour une, je me contente d'en ouvrir quatre, mais elles sont excellentes.

Bonet (*Spulcret anat.*, l. 1er., sect. 13, t. 1er., p. 342), a vu, dans le cadavre de plusieurs enragés, le poumon adhérant partout à la plèvre, plein d'un sang concret, tant le *cruor* était épais ; Boherhaave (Aphor. 1140, t. 3, p. 561) fait la même remarque ; son commentateur, Van-Swieten, la confirme, en ajoutant de nouveaux faits ; et Morgagni, ce grand anatomiste, cite les auteurs dont je viens de parler, et en dit plus encore sur l'état des poumons, qu'il a trouvé comme gangrenés à leur partie postérieure dans la maladie dont il s'agit ici (de Sedib. et caus. morb., t. 1er., l. 1er., épist. 8, p. 121). Voilà qui est évidemment pour vous ; mais un moment, Monsieur, s'il vous plaît ! voici qui est pour moi : Les auteurs que je viens de citer, en assurant tous que les poumons sont affectés, comme je vous l'avais dit dans mon article sur la rage, nous instruisent, non d'après de vaines théories, mais d'après l'ouverture des cadavres, que le cerveau, les méninges, les organes de la déglutition, l'estomac, le péricarde,

les intestins et quelques autres parties essentielles de l'écono-
mie animale, sont en même temps *lésés* d'une manière grave
et insolite. Je vous épargne ici, Monsieur, dix pages de citations latines ; lisez Morgagni et les auteurs auxquels il vous
renverra. Le savant Boerhaave dit textuellement : *Dissectio*
cadaverum docuit cerebrum, cerebellum, spinalem me-
dullam sicciora solito. La dissection des cadavres nous fait
voir que le cerveau, le cervelet, la moëlle épiniaire sont
plus secs qu'à l'ordinaire. Mekel a fait la même observation
sur le cerveau des foux : elle peut servir à expliquer un
peu les diverses vésanies des enragés.

D'après tous ces détails, qu'il serait facile de multiplier,
il est démontré que le siége de la rage n'est pas *uniquement*
dans les poumons, comme il vous a plu de l'avancer sans
preuve. Je vous engage à lire le chapitre entier que le professeur de Leyde a consacré à cette maladie ; vous serez
frappé de la justesse, de la clarté, et surtout de l'admi-
rable précision de son style, caractères distinctifs des
grands écrivains qui savent tout voir et tout abréger.

Ainsi, quand bien même les chiens et les loups ne trans-
pireraient que par les poumons, comme vous le dites (ce
qui n'est pas démontré), quand bien même, par ses mêmes
causes de la rage, ceux-ci perdraient la faculté de faire de
l'eau, comme vous l'avancez (ce qui est bien plus loin encore d'être prouvé), vous n'avez pas le droit d'en conclure
que le siége de la rage est uniquement dans les poumons,
parce que cette conséquence est entièrement contraire à
l'autopsie cadavérique. D'ailleurs, si tout le mal résidait
dans les poumons, comment expliqueriez-vous la déglutition difficile ou impossible, les mouvemens convulsifs les
plus violens, l'aliénation mentale de plusieurs enragés,
dont quelques-uns marchent à quatre pattes comme les
chiens, perdent la mémoire, méconnaissent leurs parens et

leurs amis les plus chers, et sont, enfin, en proie aux vésanies les plus épouvantables et les plus extraordinaires? Donc, vous ayant indiqué, d'après des faits que personne ne peut révoquer en doute, le point où vous avez raison et le point où vous avez tort, ma démonstration est complète.

J'ai l'honneur d'être, avec une parfaite considération,

Monsieur,

Votre très-humble et très-obéissant Serviteur,

J.-M. CAILLAU,

Médecin-adjoint de l'hôpital Saint-André,
de Bordeaux, etc.

Bordeaux, le 15 Mars 1818.

N. B. Plusieurs sociétés de médecine ont tout récemment émis une opinion conforme à celle que je viens de consigner dans la seconde partie de cette lettre. Je ferai connaître cette opinion dans un Mémoire plus étendu et plus circonstancié, que je destine à l'instruction des officiers de santé des campagnes.

A BORDEAUX,

Chez LAWALLE jeune, Imprimeur de la Société Royale de Médecine, allées de Tourny, n°. 20.

www.ingramcontent.com/pod-product-compliance
Lightning Source LLC
Chambersburg PA
CBHW061436170626
46811CB00005B/2293